AF309833

CASSANDRE,

TRAGEDIE

REPRE'SENT'EE POUR LA PRE'MIERE FOIS

PAR L'ACADEMIE ROYALE DE MUSIQUE,

Le Mardy vingt-deuxiéme jour de Juin 1706.

A PARIS,

Chez CHRISTOPHE BALLARD, feul Imprimeur du Roy
pour la Mufique, ruë S. Jean de Beauvais, au Mont-Parnaffe.

M. DCCVI.

Avec Privilege de Sa Majefté.

LE PRIX EST DE TRENTE SOLS.

PERSONNAGES DU PROLOGUE.

SCAMANDRE,	Monſieur Hardoüin.
XANTHE,	Monſieur Mantienne.
SIMOYS,	Monſieur Chopelet.
APOLLON,	Monſieur Bourgeois.

Troupe de Troyens, & de Troyennes.

UNE TROYENNE,	Mademoiſelle Pouſſin.

Noms des Acteurs chantants dans tous les Chœurs du Prologue, & de la Tragedie.

MESDEMOISELLES.

Duval.	Loignon.	Dujardin.	Aubert.
Baſſet.	Chevalier.	Demerville.	Riolle.
Guillet.		Cochereau.	

MESSIEURS.

Prunier.	La Coſte.	Maillard.	Crêté.
Courteil.	Cadot.	Dacqueville.	Lebel.
Solé.	Jolain.	Deſvoys.	Perere.
Renard.	Bertrand.	Mantienne.	Paris.
Marianval.		Le Jeune.	

DIVERTISSEMENT
Du Prologue.

BERGERS & BERGERES,

Monſieur Dangeville-l'aîné.

Meſſieurs Germain, H-Dumoulin, P-Dumoulin,
& D-Dumoulin.

Mademoiſelle Prevoſt.

Meſdemoiſelles Saligny, Lecomte, la Fargué,
& Baſſecour.

Le Hu'itie'me Volume du Recüeil général
des *Opera en Paroles*, eſt imprimé de la même maniere
que les ſept premiers Volumes qui parurent au mois
de Juin 1703. On vend 16. livres le Recüeil des huit
Volumes, qui contient 64. Opera, ornéz chacun d'une
Planche.
On vend ſéparément le huitiéme volume, 2. livres.

PROLOGUE.

Le Théatre repréfente les Ruïnes de Troye ; les trois
Fleuves SCAMANDRE, XANTHE, & SIMOYS
y paroiffent appuyez fur leurs urnes, environnez
des Divinitez des Eaux, & des Fontaines, au milieu
d'une Troupe de Troyens, & de Troyennes, de
Bergers & de Bergeres. On voit dans l'éloignement
le Mont-IDA.

SCENE PREMIERE.

SCAMANDRE, XANTHE, & SIMOYS.

ENSEMBLE.

Ieux défolez, par la fureur des armes,
Que font devenus tous vos charmes?
Lieux où regnent par tout les horreurs du
trépas,
Que font devenus vos appas?

PROLOGUE.

SCAMANDRE.

C'est icy qu'Ilion dans une paix profonde,
Rendoit tout le reste du monde
Jaloux de son sort glorieux.
O cruel souvenir ! ô spectacle funeste !
Ces cendres, ces tombeaux, sont tout ce qui nous reste,
De l'ouvrage même des Dieux.

CHOEUR.

Lieux désolez, par la fureur des armes,
Que sont devenus tous vos charmes ?
Lieux où regnent par tout les horreurs du trépas,
Que sont devenus vos appas ?

SIMOYS.

Avant que Menelas nous eût porté la guerre,
Cassandre m'a prédit cent fois
Qu'on verroit du sang de nos Rois
Sortir les Maîtres de la Terre :
Apollon venoit en ces lieux
Pour me confirmer ces miracles ;
Est-ce ainsi, Dieux cruels ! impitoyables Dieux !
Que l'on doit croire vos oracles ?

On entend une Symphonie douce & agréable,
qui précede l'arrivée d'Apollon.

ENSEMBLE.

Quels concerts ! quels charmants accords
Arrestent le cours de ces ondes ?
Quels concerts ! quels charmants accords
Frappent les échos de ces bords ?

CHOEUR

PROLOGUE.

CHOEUR.

Quels concerts! quels charmants accords
Frappent les Echos de ces bords?

ENSEMBLE.

Les Vents font enchaînez, dans leurs grotes profondes;
Tout eſt calme dans ces deſerts.

CHOEUR.

Quels accords, quels charmants concerts
Arreſtent le cours de ces ondes,
Quels accords, quels charmants concerts
Se font entendre dans les airs.

SCENE DEUXIE'ME.

APOLLON,
& les Acteurs de la Scene précedente.

APOLLON.

Finissez vos regrets, que votre crainte cesse,
Je viens vous annoncer l'effet de ma promesse,
Les Grecs n'ont pas éteint tout le sang de vos Rois;
Un Fils d'Hector, sauvé des fureurs de la Grece,
    Va fonder l'Empire François.
    En vain le reste de la Terre
    Unira ses fureurs pour luy faire la guerre;
A tous ses Ennemis il donnera des loix.

    Un nouvel Ilion, une superbe Ville
    Portera le nom de Pâris;
J'assembleray les Arts dans cet heureux azile :
Venus y conduira les Amours & les Ris.

    Vous à qui le Ciel favorable
    Promet un bonheur si durable,
    Aprés tant de maux rigoureux,

Sur les bords que la Seine arrose de son onde,
    Allez, joüir d'un sort heureux :
    Tandis que le reste du monde
Eprouvera de Mars les ravages affreux,
    Vous formerez d'aimables jeux,
    Au milieu d'une paix profonde.

CHOEUR.

Sur les bords que la Seine arrose de son onde,
Allons joüir d'un sort heureux :
Tandis que le reste du monde
Eprouvera de Mars les ravages affreux ;
Nous formerons d'aimables jeux,
Au milieu d'une paix profonde.

UNE TROYENNE.

On ne peut vivre sans tendresse,
Tôt ou tard il faut faire un choix ;
Souffrons que l'Amour nous blesse,
Aimons, cédons à ses loix :
Est-il plus doux de le craindre sans cesse,
Que de le sentir une fois.

On danse.

LA TROYENNE.

Les fleurs amantes du Zéphire
Ne parent pas toûjours nos champs :
L'Hyver ne sçauroit produire
Les richesses du Printemps ;
Mais quand un cœur suit l'amoureux Empire,
Il a des plaisirs en tout temps.

On danse.

LA TROYENNE.

Les Oiseaux plus sages que nous,
Suivent tous l'amour sans se contraindre ;
S'ils avoient sujet de s'en plaindre,
Formeroient-ils des accords si doux ?

é ij

PROLOGUE.

L'innocent plaisir de s'aimer,
Est pour eux le bonheur suprême,
Et le seul bien qui peut les charmer.
Puisque nos jours
Sont si courts,
Employons-les de même :
Le temps des jeux & des doux plaisirs,
S'envole comme les zéphirs.

On danse.

LA TROYENNE.

Apollon, de Cassandre aime encor la mémoire ;
Parmy nos festes, & nos jeux
Célébrons à sa gloire
Un Spectacle pompeux,
Qui d'un si cher Objet luy retrace l'Histoire.

FIN DU PROLOGUE.

ACTEURS
DE LA TRAGEDIE.

AGAMEMNON, *Roy d'Argos, &* *de Micene,* Monsieur Thevenard.

CLITEMNESTRE, *Femme d'Agamemnon,* Mademoiselle Journet.

CASSANDRE, *Fille de Priam, & d'Ecube, captive d'Agamemnon,* Mademoiselle Desmâtins.

ORESTE, *Fils d'Agamemnon, amoureux de Cassandre,* Monsieur Cochereau.

EGISTE, *Amoureux de Clitemnestre,* Monsieur Dun.

ARCAS, *Amy d'Egiste,* Monsieur Boutelou-Fils.

CEPHISE, *Confidente de Clitemnestre,* Melle Poussin.

ILIONE, *Confidente de Cassandre,* Melle Loignon.

LE GRAND PRESTRE DE JUNON, Monsieur Mantienne.

Peuples d'Argos, & de Micene.

Les Preſtres, & Preſtreſſes de Junon.

Troupe de Troyens, & de Troyennes.

UNE TROYENNE, Mademoiſelle Cochereau.

UNE AUTRE TROYENNE, Melle Aubert.

Troupe de Conjurez.

DIVERTISSEMENTS
de la Tragedie.

PREMIER ACTE.
GUERRIERS,

Messieurs Blondy, Ferrand, Dumirail, P-Dumoulin, Dangeville-L. Dangeville-C. Javilliers, & Marcel.

FEMMES DESOLE'ES,

Mesdemoiselles· Baf   ur, la Fargue, Carré, & Î ingot.

SECOND ACTE.

PEUPLES D'ARGOS & DE MICENE,

Monsieur Balon.

Messieurs Germain, Dumoulin-L., Ferrand, Blondy, & Dumirail.

Mesdemoiselles Saligny, Lecomte la Fargue, Bassecour, & Evrard.

TROISIE'ME ACTE.
GUERRIERS,

Monsieur Blondy.
Messieurs Germain, H-Dumoulin, F-Dumoulin, D-Dumoulin. Dumirail, P-Dumoulin, Dangeville-L., & Dangeville-C.

QUATRIE'ME ACTE.

CONJUREZ,

Meſſieurs Ferrand, Blondy, P-Dumoulin, Dumirail,
Dangeville-L., Dangeville-C., Javilliers,
& Marcel.

CINQUIE'ME ACTE.

PRESTRESSES,

Meſdemoiſelles Prevoſt, Guyot, Saligny, Carré,
Lecomte, & la Fargue.

CASSANDRE,

CASSANDRE,
TRAGEDIE.

ACTE PREMIER.
Le Théatre repréfente un lieu folitaire
fur le rivage de la Mer.

SCENE PRE'MIERE.
EGISTE, ARCAS.
ARCAS.

'En doutez point, Seigneur. Avec tous
    fes vaiffeaux,
Le fier Agamemnon a péry dans les eaux.
Dans un moment, fur cette rive,
La Reine fon époufe, à fon ombre plaintive,
Doit élever de vains tombeaux.

Cette trifte cérémonie,
D'un fpectacle plus doux fera bientôt fuivie,
Et le Sceptre qui vous eft dû
Par les mains de l'Amour va vous être rendu.　A

EGISTE.

Ah ! que tu connois mal cette fiere Princeße !
Elle feignoit, Arcas, d'aprouver ma tendreße,
Tandis qu' Agamemnon brûloit d'un autre amour.
    Depuis qu'il a perdu le jour,
Tu ſcais avec quel ſoin cette Reine cruelle
Contre moy de ſon Fils embraße la querelle :
Pour m'écarter du Trone, elle arme ſes Sujets :
Et l'Amour de ce Fils, l'intereſt de ſa gloire,
    Ont effacé de ſa mémoire
    Tous les ſerments qu'elle m'a faits.

Mais, puiſqu'au deſeſpoir elle porte mon ame,
    Je veux à mon tour la braver ;
Et contraindre ſa main à couronner ma flâme,
Juſques ſur les tombeaux qu'elle doit élever.

ARCAS,

    On triomphe par la conſtance
    De l'objet le plus rigoureux ;
    Mais un Amant loin d'eſtre heureux,
    Eſt plus à plaindre qu'il ne penſe,
    Quand il doit à la violence
    Ce que l'on refuſe à ſes feux.

La Reine vient à vous, je vous laiſſe avec elle.

EGISTE.

Va donc raſſembler nos amis,
Et fais-les ſouvenir de ce qu'ils m'ont promis,
Quand j'auray beſoin de leur zéle.

SCENE DEUXIE'ME.

CLITEMNESTRE, EGISTE, CEPHISE.

CLITEMNESTRE.

SPectre pâle & fanglant, qui me glaces d'effroy,
Me fuivras-tu par tout avec des cris funebres ?
Le jour, qui de la nuit a chaßé les ténébres,
    Ne peut-il t'éloigner de moy ?

EGISTE.

Que vois-je ! quelle horreur ! quelle fombre trifteße...

CLITEMNESTRE.

L'Ombre d'Agamemnon qui me pourfuit fans ceße,
    Caufe le trouble que je fens.

    Un fonge affreux... un fonge horrible...
Non, Seigneur, je veillois ; non, il n'eft pas poßible
Que le fommeil alors eût aßoupi mes fens.

Je l'ay vû cette nuit. Il fembloit dans Micene
    Entrer en Vainqueur furieux :
L'Ardeur de la vengeance éclatoit dans fes yeux ;
Nous étions à fes pieds. Victimes de fa haine,
    Il alloit nous percer le fein.
    Saifi d'un mouvement plus tendre,
Je l'ay vû nous quitter pour voler vers Caßandre ;
Pour couronner fa tefte, il a levé la main.

Alors soit la mienne, ou la vôtre ;
Je ne sçais quelle main leur a percé le flanc :
Mais je les ay vû l'un & l'autre
Disparoître à mes yeux, dans un fleuve de sang.

EGISTE.

Chassez de vôtre esprit cette image cruelle ;
Rappellez dans vôtre ame un souvenir plus doux.
Les Dieux vous ont ôté cet Epoux infidele,
Pour vous en donner un qui n'adore que vous.

CLITEMNESTRE.

Ce que je dois à vôtre flâme
M'occupe chaque jour ;
Mais parmy tant de soins qui partagent mon ame,
J'en ay de plus pressants que ceux de nôtre amour.

EGISTE.

Pour me confirmer vôtre haine
Il n'étoit pas besoin de ce cruel aveu ;
Et je me doutois bien que vôtre ame inhumaine
N'avoit jamais brûlé d'un veritable feu.

CLITEMNESTRE.

Prince, ne craignez rien ; je vous rendray justice :
Laissez-moy, par un sacrifice,
Satisfaire un Rival qui ne voit plus le jour.
Laißez-moy desarmer son Ombre menaçante.
Quand la gloire sera contente,
Je vous promets de contenter l'Amour.

SCENE TROISIEME.

CLITEMNESTRE, CEPHISE.

CEPHISE.

LE courroux des Amants n'est pas long-temps à
    craindre;
        Il est aisé de le calmer.
    Il ne faut rien pour l'allumer,
    Il ne faut qu'un mot pour l'éteindre.

CLITEMNESTRE.

Que ne puis-je aussi bien éloigner de mon cœur
        Les soins qui viennent le surprendre.
Mon Fils, mon Fils, luy-même augmente ma douleı
        Quand je vois ses feux pour Cassandre.
A peine son Vainqueur l'envoya parmy nous,
        Que je vis sa beauté funeste
        Charmer le cœur du jeune Oreste,
Comme elle avoit charmé celuy de mon Epoux.
Non, je ne puis souffrir un amour qui m'offense,
D'un Objet odieux je veux me délivrer.
Il faut que par sa mort… Mais le Peuple s'avance
Pour commencer les jeux que j'ay fait preparer.
Va, fay venir mon Fils : si je vois qu'il resiste
        Au courroux dont je suis la Loy;
        Egiste, l'amoureux Egiste
        Sera mon Epoux & son Roy.

SCENE QUATRIE'ME.

CLITEMNESTRE,

Peuples d'Argos, & de Micene.

CHOEUR.

Dleu du Cocite, & des Royaumes sombres,
Sois favorable au plus grand des Heros ;
Laisse-le joüir du repos
Dont joüit le reste des Ombres.

On éleve un Tombeau, sur lequel une troupe de
Femmes apporte des Offrandes. Une Troupe de Guerriers vient danser la Pirrique autour du Tombeau.

SCENE CINQUIE'ME.

CLITEMNESTRE, ORESTE,
CHOEUR de Peuples.

ORESTE.

SUr le sacré tombeau du Vainqueur des Troyens,
A vos pleurs, à vos vœux, je viens joindre les miens.

O Toy , qui commandes
Aux bords ténébreux ,
Reçois nos Offrandes ;
Exauces nos vœux.

CHOEUR. O Toy, qui commandes , &c.

ORESTE.

Nocher de la Parque ,
Revoque ses Loix ,
Passe dans ta barque
Le plus grand des Rois.

CHOEUR. O Toy, qui commandes, &c.

ORESTE.

Mars , & la Fortune
Respectoient ses jours ;
Les Vents & Neptune
En bornent le cours.

CHOEUR. O Toy, qui commandes , &c.

Des feux soûterrains consument les offandes, renversent
les Tombeaux, & dispersent l'Assemblée.   SCENE VI.

SCENE SIXIE'ME.
CLITEMNESTRE, ORESTE.

CLITEMNESTRE.

VOus le voyez, mon Fils, nos vœux sont rejettez.
　　Dans l'horreur d'une nuit profonde,
A peine le Sommeil avoit calmé le monde,
　　Pour m'apprendre ses volontez,
Vôtre Pere est sorti de la nuit éternelle :
J'ay balancé long-temps à vous les déclarer ;
　　Mais dussiez-vous en murmurer,
　　Il faut que je vous les révele.

ORESTE.

Veut-il de mon amour quelque preuve nouvelle ?
Parlez, instruisez-moy de ses commandements.

CLITEMNESTRE.

Il veut que sa Captive, au deffaut de sa cendre,
　　Remplisse ces vains monuments.

ORESTE.

Cassandre ! quelle horreur me faites-vous entendre ?

CLITEMNESTRE.

C'est fraper vôtre cœur par l'endroit le plus tendre ;
Mais il faut étouffer des soûpirs superflus.
Sur le tombeau d'Achille, aux rives du Scamandre,
Polixene a pery par la main de Pirrhus.

B

Et lorſqu' Agamemnon veut le ſang de Caſſandre,
Son Fils qui devroit le répandre
Voudroit-il l'en priver par un lâche refus?

ORESTE.

Non, ce n'eſt pas le ſang que demande mon Pere,
Il en veut de moins précieux.
Celuy d'Egiſte ſeul peut calmer ſa colere,
Puiſqu'il eſt aſſez téméraire
Pour m'oſer diſputer l'Empire de ces lieux,
Et prétendre au cœur de ma Mere;
Mais j'atteſte les juſtes Dieux,
Qu'avant la fin du jour, cette main vangereſſe
Eteindra dans ſon ſang ſa coupable tendreſſe,
Et ſes deſirs ambitieux.

CLITEMNESTRE, & ORESTE.

Ah! quittez cette injuſte envie.
Quel excés de fureur! je frémis d'y penſer!
Je perdray l'Empire & la vie,
Pour défendre le ſang que vous voulez verſer.

FIN DU PREMIER ACTE.

ACTE SECOND.

Le Théatre représente le Temple
de JUNON.

SCENE PREMIERE.

CASSANDRE.

Emple sacré, Lieux solitaires,
Souffrez que vos Dieux Tutelaires
Soient les témoins de mes douleurs :
Ce n'est point prophaner vos augustes
    misteres,
Que de vous apporter l'offrande de mes pleurs

Polixene ma Sœur, que vous futes heureuse
D'avoir finy vos jours aux pieds de nos remparts !
Des vents impetueux, de la mer orageuse
Vous n'avez point essuyé les hazards,
Ni gemi sous le poids d'une chaîne honteuse :
Et moy, dans ce lointain séjour
Moins esclave des Grecs, qu'esclave de l'Amour,
Je sens allumer dans mon ame
Un feu plus dévorant, plus cruel que la flâme
Qui consuma les lieux où j'ay reçû le jour.

Temple sacré, Lieux solitaires,
Souffrez que vos Dieux Tutelaires
Soient les témoins de mes douleurs :
Ce n'est point prophaner vos augustes misteres,
Que de vous apporter l'offrande de mes pleurs.

SCENE DEUXIE'ME.

CASSANDRE, ILIONE.

ILIONE.

JE viens vous annoncer un crime & des horreurs,
Plus dignes du courroux celeste,
Que toutes les fureurs
D'Atrée, & de Thïeste,

CASSANDRE.

Quel est ce crime affreux qui te fait soûpirer?

ILIONE.

Clitemnestre . . . . . je tremble à vous le déclarer.

CASSANDRE.

Quelque sort qu'elle me prépare,
Parle, je ne crains rien.

ILIONE.

Cette Reine barbare
Veut de vôtre sang précieux
Apaiser d'un Epoux les manes furieux.

CASSANDRE.

Je vais donc sortir de mes chaînes,
Modere tes vives douleurs;
Une mort qui finit mes peines,
Peut-elle te coûter des pleurs.

ILIONE.

Les Dieux vous deffendront, il y va de leur gloire.
Apollon, des Tyrans confondra le courroux;
Auroit-il perdu la mémoire
Des feux dont il brûla pour vous.

CASSANDRE.

Non, non, je ne dois plus prétendre
Qu'Appollon s'interesse à mon sort malheureux.
De ce Dieu, tu le sçais, j'ay méprisé les feux,
Et de ceux d'un Mortel je n'ay pû me deffendre.

ILIONE.

Ah! que me dites-vous?

CASSANDRE.

Je croyois en ces lieux
Ne voir que des objets de haine & de vangeance.
Oreste parût à mes yeux,
De son Pere & de luy je vis la difference,
Consacrée à Pallas par des vœux solemnels,
J'imitay de Paris le jugement funeste;
Et Venus l'emporta, par le secours d'Oreste,
Sur tous les autres Immortels.

ILIONE.

C'est donc au seul Amour d'embrasser la deffense
D'un cœur soûmis à sa puissance;
Oreste doit périr, ou vous sauver le jour:

Qui peut contre un Heros disputer la Victoire,
Lorsqu'à l'interest de sa gloire
Il joint celuy de son amour:

Vous le verrez bientôt dans l'ardeur qui l'anime...

CASSANDRE.

Il vient. Dieux que je sers ne m'abandonnez pas.

SCENE TROISIE'ME.

ORESTE, CASSANDRE, ILIONE.

CASSANDRE.

VEnez-vous chercher la Victime,
Je suis preste à suivre vos pas.

ORESTE.

Tant de vertus, & tant de charmes
N'auront pas un sort si cruel;
Vous pouvez à l'Autel
Me suivre sans allarmes.
Vous y trouverez du secours
Contre les fureurs de la Reine;
Et vous y recevrez le Sceptre de Micene,
Au lieu du coup mortel qui menace vos jours.

CASSANDRE.

Un Sceptre! moy, Seigneur! quand il faut que j'expire.
Vôtre Pere, & les Grecs ont renversé l'Empire
Où mes vœux pouvoient aspirer.

ORESTE.

Ah! si vous approuviez un amour téméraire
L'injustice des Grecs, & celle de mon Pere
Se pourroit encor réparer.

CASSANDRE.

Qu'entens-je ! ô Ciel !

ORESTE.

Que vôtre crainte ceſſe.
Mon reſpect pour Caſſandre égale ma tendreſſe.
Les feux que dans mon ame ont allumé vos yeux,
Sont auſſi purs, belle Princeſſe,
Que ceux que vôtre main allume pour les Dieux.

CASSANDRE.

Je frémis.... Quel aveu me faites-vous entendre !
Dans quel abîme affreux...ſous quels funeſtes coups;
Ah ! tremblez ! & craignez que le cœur de Caſſandre
Ne vous haïſſe aſſez pour ſe donner à vous.

ORESTE.

Vôtre haine à ce prix eſt ma plus chere envie,
Le don de vôtre cœur.....

CASSANDRE.

Vous coûteroit la vie:
De tous ceux que l'Amour a ſoûmis à ma loy,
Regardez le deſtin funeſte.
Chorebe à qui mon Pere avoit promis ma foy
Fut privé par les Grecs de la clarté celeſte;
Ajax fut par la foudre écraſé devant moy.
Vôtre Pere imitant leur amour téméraire,
N'a pû ſe ſauver du trépas.
Et ſi le Ciel jaloux de mes foibles appas,
A tant d'Amans haïs fit ſentir ſa colere;
Contre un Amant aimé, que ne feroit-il pas?

Qu'ay-je

Qu'ay-je dit! je me trouble... & ma raison s'égare.
Pour conserver ma gloire, il faut perdre le jour.
Adieu. Je vais chercher la mort qu'on me prépare:
Je la crains moins que vôtre amour.

ORESTE.

Pour défendre vos jours je cesseray de vivre,
Vous me fuyez en vain, je ne vous quitte pas;
L'Amour m'ordonne de vous suivre.

SCENE QUATRIEME.

CLITEMNESTRE, ORESTE.

CLITEMNESTRE.

ARreste, Fils ingrat : où portes-tu tes pas?
Aux ordres de ton Pere es-tu prest de te rendre?

ORESTE.

Vous me verrez tout entreprendre,
Pour obeïr à ce Heros:
Il veut que j'épouse Cassandre
Et je vais l'élever sur le trône d'Argos.

C

SCENE CINQUIE'ME.

CLITEMNESTRE.

Qu'entens-je ! ô deſeſpoir ! ô diſgrace fatale !
Sur le trône d'Argos je verrois ma Rivale !
Avant que de ſouffrir cet Hymen odieux,
Je porteray la flâme, & le fer en ces lieux :
J'y renouvelleray les crimes de Tantale.
  Prince, indigne du ſang des Dieux,
Tu ne peux donc éteindre une ardeur criminelle ?
Et pour te conſerver le rang de tes Ayeux,
Je briſois ſans regret la chaîne la plus belle.
Ah ! c'en eſt trop : ſuivons mes tranſports furieux,
  Perdons un Fils audacieux,
  Couronnons un Amant Fidele.

SCENE SIXIE'ME.

CLITEMNESTRE, EGISTE.

CLITEMNESTRE.

VEnez, Prince, venez, je vous l'avois promis ;
Je partage avec vous la puissance royale.
Mais il faut me vanger d'un Fils,
Et d'une superbe Rivale :
Si vous voulez, regner, le trône est à ce prix.

EGISTE.

Ordonnez, seulement ; dans la nuit infernale
Je plonge tous vos ennemis.

CLITEMNESTRE, & EGISTE.

Vangeons-nous, aimons-nous: perdons qui nous offense,
Et rendons nos amours contens.
Heureux qui goûte en même-temps
Les plaisirs de l'amour, & ceux de la vangeance.

EGISTE.

Il est temps que l'Hymen couronne nos ardeurs ;
Ministres de Junon, venez, unir nos cœurs.

SCENE SEPTIEME.

CLITEMNESTRE, EGISTE.

LE GRAND PRESTRE DE JUNON.

CHOEURS DE PRESTRESSES, & DE PEUPLES.

CLITEMNESTRE.

PEuples d'Argos, & de Micene,
Voicy le Roy que vôtre Reine
Choisit, & pour elle, & pour vous.
Pour vôtre Souverain venez, le reconnoître ;
Vous devez le prendre pour Maître,
Puisque je le prends pour Epoux.

CHOEUR.

Tant que nous joüirons du jour qui nous éclaire,
Nous obeïrons à sa loy :
Un Epoux digne de vous plaire ;
Est digne d'estre nôtre Roy.

LE GRAND PRESTRE.

O Toy, que la Grece révére,
Junon, d'un chaste Hymen viens allumer les feux :
Tu rends les Amants plus heureux
Que la Déesse de Cythere :
C'est toy qui combles leurs desirs,
Et qui fixes leur inconstance,
Et l'Amour n'a de vrais plaisirs
Que lorsqu'avec l'Hymen il est d'intelligence.

Le Peuple exprime par des danses la joye que luy cause
le Mariage d'EGISTE, & de CLITEMNESTRE.

LE GRAND PRESTRE.

Suivez l'Hymen, tendres Amants,
Ses nœuds charmants
Ont des appas
Que l'Amour n'a pas.

C'est un port heureux
Et tranquille,
Où tous les cœurs amoureux
Doivent chercher un azile.

Suivez l'Hymen, tendres Amants, &c.

Ses douceurs toûjours nouvelles
Rendent à jamais contents
Les cœurs fideles,
Et ses chaînes nouvelles
Ne font peur qu'aux Inconstants.

Suivez l'Hymen, tendres Amants, &c.

Avancez : il est temps que l'Hymen vous unisse.

CLITEMNESTRE, EGISTE,
& LE GRAND PRESTRE.

Puissante Reine des Cieux,
Junon, soyez { *nous* } { *leur* } *propice.*

LE GRAND PRESTRE.

Venez ; ne perdez pas des moments précieux.

SCENE HUITIEME.

CLITEMNESTRE, EGISTE, ARCAS, CEPHISE, CHOEUR de Peuples.

ARCAS, & CEPHISE.

P
Rince,
Reine, { que faites-vous ? échappé du naufrage ,
Le Roy va paroître à vos yeux,
Il est déja sur le rivage.

CLITEMNESTRE, & EGISTE.

Agamemnon ! ô justes Dieux !

CHOEUR.

*Courons , courons-tous rendre hommage
A ce Heros victorieux.*

CLITEMNESTRE & EGISTE.

*Aprés un si cruel outrage
Fuyons , n'attendons pas ses regards irritez,
Les antres les plus écartez,
N'ont point assez d'obscuritez,
Pour cacher ma honte & ma rage.*

FIN DU SECOND ACTE.

ACTE TROISIEME.

Le Théatre repréſente la Place publique de
la Ville d'Argos, ornée d'Arcs de Triomphe,
& de Trophées d'Armes.

SCENE PREMIERE.

CLITEMNESTRE, CEPHISE.

CLITEMNESTRE.

Our qui, Dieux immortels, gardez-vous
* le Tonnerre ?*
Aprés ce que j'ay fait qui peut le retenir ?
Contents d'épouvanter les crimes de la terre,
Ne ſçavez-vous point les punir.

CEPHISE.

Ah ! ſi l'amour étoit un crime
Tous les Dieux ſeroient criminels :
Et s'ils vouloient punir tous les cœurs qu'il anime,
Ils puniroient tous les Mortels.

CLITEMNESTRE.
Où suis-je ! qu'ay-je fait ! à quelle violence
Ay-je porté mes attentats !
Quand même Agamemnon ne s'en vengeroit pas,
Dans le fonds de mon cœur je porte sa vengeance.
CEPHISE.
L'aspect de ce fameux Vainqueur
Calmera ces vaines allarmes ;
Vôtre repentir & vos charmes
Fléchiront d'abord sa rigueur ;
Rien n'est si puissant sur un cœur
Que deux beaux yeux baignez de larmes.
CLITEMNESTRE.
Vertu, Devoir, Gloire, Raison,
Revenez regner dans mon ame ;
Achevez d'en bannir la flâme
Dont je reconnois le poison.

Rallumons un feu legitime,
Au devant du Vainqueur, hâtons-nous de courir.
Mais, comment à ses yeux ofiray-je m'offrir ?
Les pleurs que je répands, la douleur qui m'anime,
Pourront-ils effacer mes coupables transports.
Pourquoy faut-il que le remords
Ne nous vienne qu'aprés le crime.

Vertu, Devoir, Gloire, Raison,
Revenez regner dans mon ame ;
Achevez d'en bannir la flâme
Dont je reconnois le poison.

SCENE II.

SCENE DEUXIE'ME.

CLITEMNESTRE, ORESTE, CEPHISE.

ORESTE.

FUyez, dérobez-vous au couroux de mon Pere,
Il vient d'apprendre tout, il porte icy ses pas,
Fuyez ne vous exposez pas
Au premier feu de sa colere.
Egiste est dans les fers, un rigoureux trépas
Sera le prix de son audace.
Attendez que mes pleurs obtiennent vôtre grace.

CLITEMNESTRE.

Je ne mérite pas des soins si généreux.
J'ay trahy mon devoir, j'ay traversé vos feux;
J'ay fait plus, j'ay voulu vous priver de l'Empire:
Mais par ce tendre amour que la nature inspire
Pour Egiste, mon Fils, j'implore vôtre apuy;
Si le Roy veut du sang, il vaut mieux que j'expire,
Je suis plus coupable que luy.

ORESTE.

Dieux! qu'est-ce que j'entens? perdez-en la mémoire;
Est-ce à vous de plaindre son sort?
Vôtre repos & vôtre gloire
Ne dépendent que de sa Mort.

D

CLITEMNESTRE.

He. bien ! puisqu'à mes pleurs vous estes insensible,
A mon cruel Epoux je veux me présenter :
Sa colere pour moy n'aura rien de terrible ;
Que j'auray de plaisir à la faire éclater !
Il faut que je sois la victime
De sa haine, ou de ma douleur :
Egiste a partagé mon crime,
Je partageray son malheur.

On entend un bruit de guerre.

ORESTE.

Le Roy vient ; ces concerts annoncent sa présence,
Dérobez-vous à sa vengeance.

SCENE TROISIE'ME.

AGAMEMNON, ORESTE,
CHOEUR de Peuples de la Grece,
Troupe de Troyennes Captives.

AGAMEMNON.

ENfin malgré Neptune, & la fureur des armes ,
Argos voit dans ses murs le Vainqueur des Troyens;
Mais je ne trouve icy que la moitié des biens
Dont je me promettois les charmes.
Si le Ciel d'un côté daigne exaucer mes vœux,
Il me porte de l'autre une atteinte mortelle.
Quel plaisir de trouver un Fils si généreux !
Quel tourment de trouver une Epouse infidele.

ORESTE.

Qu'il est doux de revoir dans cet heureux séjour
Le plus grand Heros qui respire !
Quel triomphe pour son Empire ?
Quelle devoir pour moy de luy devoir le jour.
Mais si je vous suis cher , exaucez ma priere.
La Reine au desespoir, veut perdre la lumiere ,
Puisqu'elle a perdu vôtre amour,
Rendez-luy vôtre cœur : oubliez son offense.

Voulez-vous mêler des soûpirs
A nos chants de réjoüissance ?
Et troublerez-vous les plaisirs
Que nous cause vôtre présence.

AGAMEMNON.

Aprés ces horribles desseins,
Mon Fils, je ne veux plus ni la voir ni l'entendre;
L'Infidelle arrachoit mon Sceptre de vos mains :
Cassandre, j'en frémis ! la divine Cassandre
     Tomboit sous ses coups inhumains.

     Quelle aille loin de ce rivage
     Cacher son inutile rage :
     Je devrois luy donner la mort;
     Mais pour la punir davantage,
     Je romps le nœud qui nous engage,
     Et j'unis Cassandre à mon sort.

ORESTE.

Cassandre ! quoy, Seigneur !

AGAMEMNON.

         Apprenez ma foiblesse.
Ilion par ses yeux s'est vangé de la Grece :
     Cassandre a vaincu son Vainqueur :
     Et les attentats de la Reine
Me laissent en état de luy donner mon cœur
     Avec l'Empire de Micene.

ORESTE.

     Quel coup de foudre ! quelle peine !

AGAMEMNON.

Allez, la préparer à cet illustre choix.

Et vous, Peuples soûmis par mes heureux exploits,
Que Cassandre sur vous ait l'Empire suprême,
Qu'aux rivages Troyens elle avoit autrefois :
     Vous ne suivrez plus d'autres Loix
     Que celles que je suy moy-même.

Allez, allez, ne tardez pas,
Allez mettre à ses pieds vos fers & ma couronne:
La liberté que je vous donne
Est l'ouvrage de ses appas.

CHOEUR.

Allons mettre nos fers aux pieds de nôtre Reine;
Chantons, célébrons sa beauté,
Qui met un Vainqueur à la chaîne
Pour nous rendre la liberté.

UNE TROYENNE.

Un cœur qui s'engage,
Dans son esclavage
Trouve mille attraits:
Un cœur insensible
Dans son fort paisible,
N'en trouve jamais.

Tous les cœurs que l'Amour a soûmis
Se plaignent de ses peines;
Mais tous de leurs chaînes
Connoissent le prix.

Leurs tourments font leur felicité;
Et d'amoureuses larmes,
De tendres allarmes,
Valent bien les charmes
De la liberté.

CASSANDRE,
UNE AUTRE TROYENNE.

Cedez sans cesse
A la tendresse,
Charmante Jeunesse :
Cedez sans cesse
A la tendresse,
Imitez les Dieux.

CHOEUR. *Cedez sans cesse, &c.*

LA TROYENNE.

Le cœur intrepide
Du fameux Alcide
Fût souvent timide
Devant deux beaux yeux.

CHOEUR. *Cedez sans cesse, &c.*

LA TROYENNE.

L'Amour fait la guerre
Au Dieu du Tonnerre ;
Il luy rend la terre
Préférable aux Cieux.

CHOEUR.

Cedez sans cesse
A la tendresse,
Charmante Jeunesse :
Cedez sans cesse
A la tendresse,
Imitez les Dieux.

FIN DU TROISIE'ME ACTE.

ACTE QUATRIE'ME.

Le Théatre représente un bois renfermé dans Argos,
consacré à la Nymphe IO.

SCENE PRE'MIERE.

ORESTE, CASSANDRE.

ORESTE.

Oicy l'heureux instant
Où l'Hymen vous prépare un sort digne
   d'envie.
Le Peuple est assemblé, la Victime choisie,
Et le Grand Prêtre vous attend.

CASSANDRE.

Cessez de vous flater que l'Hymen nous assemble.
Ma haine pour les Grecs ne va point jusqu'à vous ;
Mais si vous aspiriez au nom de mon Epoux,
Je vous haïrois plus que tous les Grecs ensemble.

ORESTE.

Vous serez moins contraire à l'amour d'un grand Roy.

    Le Vainqueur de l'Asie
    Est soûmis à vôtre loy.
    Il va vous donner sa foy,
    Et je vais perdre la vie.

CASSANDRE.

Du sort de ce Rival ne soyez point jaloux :
Il ne sera jamais plus heureux que le vôtre.
    Si je n'ay pas vêcu pour vous
    Je ne vivray pas pour un autre.

ORESTE.

Pourez-vous resister au pouvoir d'un Vainqueur ?

CASSANDRE.

    J'aime mieux souffrir sa rigueur,
    Que de céder à son envie ;
    Pour être maître de ma vie,
    Il n'est pas maître de mon cœur.

ORESTE.

Falloit-il que le Ciel pour traverser ma flàme,
Choisît le seul Rival qui peut troubler mon ame ;
Et contre qui mon bras ne sçauroit être armé ?
    Que n'ay-je à soûtenir la guerre
    Contre tous les Rois de la Terre,

Pour défendre l'Objet dont mon cœur est charmé,
Par un beau desespoir je vous ferois connoître
    Que si je ne suis pas aimé,
    Du moins j'étois digne de l'être.

E N S E M B L E.

    O Mort, j'implore ton secours,
Laisse en paix les Mortels cheris de la fortune,
    Et vien finir les tristes jours
    De ceux que la vie importune.

O R E S T E.

Le Roy dans un moment va se rendre en ce lieu
    Pour vous offrir le Diadême.
On vient; je frémis! c'est luy-même.
Je vous quitte, & je vais où ma douleur… Adieu.

SCENE DEUXIE'ME.

AGAMEMNON, CASSANDRE.

AGAMEMNON.

L'Amour m'a garenti dès fureurs de Neptune
　　Pour voler à vôtre secours ;
Mais ce n'est pas assez d'avoir sauvé des jours
　　A qui j'attache ma fortune,
Je veux vous délivrer de tous vos Ennemis :
Et tandis que d'Egiste on va punir l'audace,
　　Je viens vous présenter la place
D'une Epouse que je bannis.

CASSANDRE.

Le changement de lieu n'a point changé mon ame.
Telle aux rivages Grecs, qu'aux bords du Simoïs,
　　Mes yeux ne sont point ébloüis,
　　Par les offres de vôtre flâme.
Des plus cruels tourments dussiez-vous m'accabler,
　　Je seray toûjours inflexible :
Du téméraire Ajax le supplice terrible,
Est un exemple affreux qui doit faire trembler
　　Ceux qui voudroient luy ressembler.

AGAMEMNON.

Que le Ciel me réduise en poudre,
Pourvû que je sois vôtre Epoux ;
Je ne crains icy d'autre foudre,
Que celle de vôtre courroux.

Mais de vos cruautez, je pénétre la cause.
Quelque Rival secret, à mon bonheur s'oppose :
    Que ne puis-je le découvrir !

J'éteindrois dans son sang un amour qui m'offense :
Dût le Ciel en fureur s'armer pour sa vengeance,
Rien ne m'empêcheroit de le faire perir.

CASSANDRE.

Je garde tout mon cœur pour les Dieux que je sers ;
    Ne croyez-pas qu'un Mortel le surmonte
    Le plus grand Roy de l'Univers
A de pareils Rivaux peut bien ceder sans honte.

AGAMEMNON.

En vain par ces détours vous pensez m'éblouïr ;
    Il est temps de finir mes peines.
Un Amant tel que moy peut se faire obeïr,
    Lorsque ses prieres sont vaines.
Au Temple de Junon nous devons être unis ;
Venez-y recevoir ma main & ma couronne.
    Ce n'est plus un Amant soûmis ;
    C'est un Vainqueur qui vous l'ordonne.

CASSANDRE.

    Cet ordre n'a rien qui m'étonne,
Les Dieux sont au dessus des Vainqueurs & des Rois ;
    Je ne connois point d'autres loix
    Que celles que le Ciel me donne.

La Reine vient icy, rendez-vous à ses pleurs,
Ou vous allez sur vous attirer des malheurs
    Dont Cassandre même frissonne.

SCENE TROISIE'ME.

AGAMEMNON, CLITEMNESTRE.

CLITEMNESTRE.

JE ne viens point, Seigneur, embraſſer vos genoux,
　　Pour fléchir le cœur d'un Epoux ;
Je viens de mes fureurs vous demander la peine :
L'exil eſt pour mon crime un ſupplice trop doux ;
　　J'ayme mieux perir par vos coups,
　　Que de vivre avec vôtre haine.

AGAMEMNON.

　　La mort que vous voulez de moy,
N'eſt pas pour vôtre crime une peine aſſez grande :
Partez, quittez les lieux où je donne la loy ;
　　Je le veux, je vous le commande,
　　Obeïſſez à vôtre Roy.

SCENE QUATRIÉME.
CLITEMNESTRE.

Ciel! aprés cet affront, se peut-il que je vive!
Tu méprises mes pleurs, Perfide, je le voy;
   C'est pour couronner ma Captive
   Que tu veux m'éloigner de toy.
   Cette nouvelle perfidie
   Me rappelle le souvenir
   De la perte d'Iphigenie.
Le cruel à Calchas abandonna sa vie....
Ah! c'est un crime encor dont je le veux punir.

   Pren pitié de mon infortune,
Junon, ne souffre pas que la Sœur de Paris
   Regne en des lieux que tu cheris.
Vange-toy, vange-moy, nôtre injure est commune.
   Seconde mes transports jaloux:
   Pour troubler l'Hymen qu'on apreste,
Excite dans les airs quelque horrible tempête:
   Pren les armes de ton Epoux,
   Pour réduire le mien en poudre.
Sur ce Traître, ou sur moy, fais-en tomber les coups.
Tu ne sçaurois manquer, en frappant l'un de nous,
De perdre un Criminel qui merite la foudre.

SCENE CINQUIE'ME.
CLITEMNESTRE, EGISTE.
Troupe de Conjurez.

EGISTE.

JUnon a prévenu vos vœux :
Elle vient de briser ma chaîne.
C'est par son ordre que j'amene
Ces Guerriers généreux,
Qui brûlent de servir ma haine.

Du traître Agamemnon ils détestent le choix ;
Leur ardeur pour le perdre est égale à la mienne :
Jamais l'Epoux d'une Troyenne
Aux Vainqueurs des Troyens ne donnera des loix.

CLITEMNESTRE, parlant aux Conjurez.

Que j'aime à voir en vous cette noble colere !
Quelle convient à ma fureur !
Plus la victime me fut chere,
Plus j'auray de plaisir à luy percer le cœur.

ENSEMBLE.

Suivons la Fureur, & la Rage,
Immolons l'Ennemi qui nous ose outrager :
Perdons tout, vangeons-nous, on merite l'outrage
Quand on ne sçait pas s'en venger.

CHOEUR. *Suivons la fureur, & la rage, &c.*

FIN DU QUATRIE'ME ACTE.

ACTE CINQUIE'ME.

Le Théatre repréſente un Salon magnifique
où l'on voit les préparatifs d'un feſtin.

SCENE PREMIE'RE.

CASSANDRE, ILIONE.
Troupe de TROYENNES.

CASSANDRE.

Eſtes du nom Troyen, malheureuſes
  Captives,
Objets de la haine des Dieux ;
Vous venez ſur ces triſtes rives,
Recevoir mes derniers adieux.

 Le cruel Vainqueur de l'Aſie
Dans l'éternelle nuit précipite mes pas ;
Au lieu du nœud fatal qui flate ſon envie,
  Ces ſuperbes appreſts, helas !
  Vont être ceux de mon trépas,

Reſtes du nom Toyen, malheureuſes Captives,
  Objets de la haine des Dieux,
  Vous venez ſur ces triſtes rives,
  Recevoir mes derniers adieux.

ILIONE.

Pour regler nôtre sort, & celuy de Cassandre,
Consultez Apollon, implorez son appuy.
   Sans doute vous sçaurez de luy
   Le party que vous devez prendre.

CASSANDRE.

Puisque vous le voulez, c'est à moy de me rendre;
   Mêlez vos voix à mes soûpirs;
Et faites qu'Apollon ne se puisse défendre
   De consentir à vos desirs.

CHOEUR.

O puissant Apollon, soy touché de nos larmes;
   D'une prophetique fureur
   Viens encor animer un cœur
   A qui le tien rendit les armes.

On danse, & l'on reprend ensuite
le Chœur cy-dessus.

CASSANDRE.

Une sainte fureur agite mes esprits;
   Le Ciel gronde, la Terre s'ouvre,
A mes yeux dessillez, l'avenir se découvre;
Que voy-je! où suis-je! ô Ciel! je tremble! je fremis!

Manes de tant de Rois, sous Troye ensevelis,
   Je vous annonce la disgrace
   Du plus grand de vos Ennemis
Bien tôt de ses forfaits, & de ceux de sa race,
L'impie Agamemnon va recevoir le prix.

SCENE II.

SCENE DEUXIE'ME.

AGAMEMNON, CASSANDRE, ILIONE,

Troupe de TROYENNES.

AGAMEMNON.

*B*Elle Princeſſe, enfin voici l'inſtant heureux
Où l'Himen doit combler mes vœux.
On n'attend plus que vous, pour commencer la Fête.

CASSANDRE.

Arête, Agamemnon.

AGAMEMNON.

Rien ne peut m'arêter,
Tout eſt preſt, avançons.

CASSANDRE.

Agamemnon, arête,
Où vas-tu te précipiter?
La foudre gronde ſur ta teſte ;
Sans un prompt répentir tu ne peux l'éviter.
De ce fatal Himen tu ſeras la victime,
A la face des Dieux, aux pieds de leurs Autles,
La Reine & ſon Amant que la fureur anime,
Vont te faire tomber ſous mille coups mortels.

AGAMEMNON.

Envain par ces malheurs que vous m'oſez prédire,
Vous croyez me remplir d'effroy :
Je ſçais vôtre haine pour moy,
C'eſt le ſeul Dieu qui nous inſpire.

F

CASSANDRE,

Mais vos efforts font superflus,
Allons ; il est temps de me suivre.

CASSANDRE.

He bien ! tu veux cesser de vivre,
Au sort qui te poursuit je ne m'oppose plus,
Je sçais que j'en serai la prémiere victime.
Tu vas m'entraîner dans l'abîme ;
Mais ce n'est pas assez ; je vois d'autres malheurs
Qui sont plus dignes de mes pleurs.

De crimes, de fureurs, quelle suite funeste !
Je vois le Malheureux Oreste
En proye aux plus vives douleurs.

Pour vanger la mort de son Pere,
Il porte le poignard dans le sein de sa Mere.
Il est abandonné des Dieux & des Mortels.
Déja les fieres Eumenides
L'embrâsent de leurs feux vangeurs des homicides :
Il va chercher la mort chez les Scythes cruels.

Barbare, à ces perils, c'est toy seul qui l'exposes . . . . .
Mais les Dieux à l'Autel m'entrainent malgré moi,
Je ne me défends plus de t'y donner ma foi :
Vien l'y recevoir si tu l'oses.

SCENE TROISIE'ME.

AGAMEMNON.

OU suis-je ! quelle horreur ! quel murmure confus ! ..
Pour les jours de mon Fils, quelle frayeur mortelle ! .
Ah ! je ne vois que trop d'où partent vos refus ;
    Tremblez à vôtre tour, Cruelle,
Pour ce Fils criminel que vous ne verrez plus.
Je vois qu'on m'a dit vrai, vous l'aimez, il vous aime,
Je n'en puis plus douter : vous l'aimez ! .... c'est aßez
S'il échape au peril dont vous le menacez,
Il n'échapera pas à ma fureur extrême.

    Que dis-je ! Malheureux ! helas !
Contre mon propre sang armerai-je mon bras ?
    O mon Fils ! ô Caßandre !
    Que vous m'agittez tour à tour.
Grands Dieux ! inspirez-moi quel parti je dois prendre
    Entre la nature & l'amour.

SCENE QUATRIE'ME.

AGAMEMNON, ORESTE.

ORESTE.

LA Reine pour jamais va quitter cette rive,
Seigneur, dans son exil souffrez que je la suive.

AGAMEMNON.

Je sçais quelles raisons vous pressent de partir;
Mais à nous separer je ne puis consentir.
Pour Cassandre, mon Fils, vôtre amour peut paroître,
Ce jour vous unira tous deux ;
Si vous n'estes heureux,
Je ne le sçaurois être :
Tout demande à mon cœur cet effort genereux ;
Je vais à vôtre Mere en porter la nouvelle,
Et me reünir avec elle.

SCENE CINQUIE'ME.

ORESTE.

Quand l'Amour répond à nos vœux,
Qu'il est doux de porter ses chaînes !
Quand l'Amour répond à nos vœux,
Qu'il est doux de sentir ses feux !

Aprés des rigueurs inhumaines,
Il ne faut qu'un moment pour devenir heureux ;
Et les moindres plaisirs dans l'Empire amoureux
Surpassent les plus grandes peines.

Quand l'Amour répond à nos veux,
Qu'il est doux de porter ses chaînes !
Quand l'Amour répond à nos vœux,
Qu'il est doux de sentir ses feux !

Allons à l'Objet qui m'enchante.
Annoncer un bonheur qui passe nôtre attente :
Mais qu'est-ce que j'entens ? de quels cris odieux
Retentissent ces lieux !
Dans le fond de mon cœur, quelle voix gemissante
Porte l'horreur & l'épouvante ?
Que vois-je ! quel Objet se presente à mes yeux.

SCENE SIXIE'ME.

ORESTE, CASSANDRE blessée.

CASSANDRE.

JE meurs, une main sanguinaire
M'empêche de vivre pour vous :
Egiste, ou plûtôt vôtre Mere
M'a porté ces funestes coups :
Mais je cheris leur violence,
Puisqu'avant de perdre le jour,
Je puis déclarer un amour,
Que je condamnois au silence.

ORESTE.

Quoy! vous m'aimez, & je vous pers.
O mortel desespoir! ô sensible revers!
Lorsque rien ne m'est plus contraire.

CASSANDRE.

Ne plaignez point mon triste sort.
Ou si vous pleurez une mort,
Pleurez celle de vôtre Pere.

Juste Ciel!

CASSANDRE.

Ce Heros voloit à mon secours :
J'ay veu couler son sang, & terminer ses jours:
Les Dieux, au travers du carnage,
Pour venir jusqu'à vous, m'ont ouvert un passage.
Je vous vois, & je meurs . . . . . dans ce dernier soûpir...
Cher Prince . . . . . recevez mon ame,
Et croyez qu'aux Enfers, d'une si belle flâme,
Je vais . . . . . garder le souvenir.

SCENE SEPTIE'ME,
ET DERNIERE.

ORESTE.

ELle meurt, & je vis encore !
Quand je crois posseder la Beauté que j'adore,
La mort ferme ses yeux.
Je pers en même temps l'auteur de ma naissance.
O vous qui m'enlevez ce que j'aime le mieux ;
Traîtres, craignez la violence
D'un Fils & d'un Amant armé pour vous punir :
Je vais prendre de vous, une horrible vangeance,
Qui fera trembler l'avenir.

FIN DU CINQUIE'ME ET DERNIER ACTE.